XII PREMIO DE MICRORRELATOS
«MANUEL J. PELÁEZ» 2024

Selección de textos

XII PREMIO DE MICRORRELATOS

«MANUEL J. PELÁEZ» 2024

RiL editores

XII PREMIO DE MICRORRELATOS «MANUEL J. PELÁEZ» 2024
Primera edición: 16 de junio de 2024

© Autores antologados, 2024

ORGANIZA Y COFINANCIA:
COLECTIVO MANUEL J. PELÁEZ
www.colectivomanueljpelaez.org

PATROCINA:
DIPUTACIÓN DE BADAJOZ

RIL® EDITORES
SEDE SANTIAGO DE CHILE: Los Leones 2258 • CP 7511055 Providencia
℡ (56) 22 22 38 100 • ril@rileditores.com • www.rileditores.com
SEDE VALPARAÍSO: Cochrane 639, of. 92 • CP 2361801 Valparaíso
℡ (56) 32 274 6203 • valparaiso@rileditores.com
SEDE ESPAÑA: europa@rileditores.com

Composición y diseño: RIL® editores

Impreso en España • *Printed in Spain*

ISBN: 978-84-10248-15-1
Depósito Legal: B 11615-2024

Presentación

En palabras de Eloy Tizón, cuentista, «no somos más que el relato de lo que nos contamos que somos». Un año más sacamos de imprenta, o sea a la luz, el libro que recoge los textos finalistas del Premio de Microrrelatos «Manuel J. Peláez». Un año más nos contamos lo que somos.

Antes de la presente edición de 2024 y desde el todavía próximo 2013, once convocatorias del premio llevaron el nombre de Manuel J. Peláez. Así, con J punto al medio, se llamó en primer lugar una asociación cultural. Esta, nacida como Colectivo, quiso dar su denominación a la de su proyecto más ambicioso y, hasta ahora, de más largo recorrido y mayor alcance: un premio de microrrelatos.

La pregunta suele ser obligada y con gusto volvemos a responderla. ¿Quién es o era Manuel J. Peláez?, ¿quién ocupa nuestra memoria con tal intensidad que venimos a dar su nombre, no sólo a una asociación, sino también a un premio? A esa persona, que sabemos especial, la presentamos con pinceladas incompletas sobre su vida: profesor de Historia del Instituto de Educación Secundaria «Suárez de Figueroa», historiador, presidente de la Asociación de Amigos del Museo y del Patrimonio, primer teniente de alcalde del Ayuntamiento de Zafra. Añadimos, para que no quepa duda: Manuel J. Peláez (1952-2008) fue un hombre bueno. Y tenemos el placer, quienes en 2010 transformamos en asociación el Colectivo al que él mismo había pertenecido, de haber compartido parte de nuestras vidas con la suya.

Hechas las presentaciones del hombre, familiar o amigo, presentamos al Colectivo «Manuel J. Peláez» como una pequeña asociación cultural, independiente y sin ánimo de lucro. Con más de un centenar de socios y socias, el Colectivo organiza o apoya actividades socialmente comprometidas, innovadoras y de calidad, favorece dinámicas de participación ciudadana, propicia el intercambio entre organizaciones y grupos sociales, hace cultura y trabaja en red. Pretende, en suma, fortalecer la sociedad civil desde la comarca de Zafra-Río Bodión y desde Extremadura, a partir de valores como la democracia, la libertad, la convivencia, la cultura...

No, nunca olvidamos que nos quieren ignorantes. Porque con ignorancia tenemos más miedo, con miedo sentimos odio y con odio toleramos las violencias. Coincidimos en principios y valores, y en que ambos premios se organizan desde Zafra, con el «Dulce Chacón» de Narrativa Española, creado en 2004 en memoria de nuestra querida Dulce y de lo que ella y su obra representaban y siguen y seguirán representando.

Toda esta declaración no explica, pero fundamenta, la trayectoria del Premio de Microrrelatos «Manuel J. Peláez». Destacamos entre sus principios la cultura, siempre esencial, y repetimos lo necesarios que son otros valores: feminismos, cuidados, participación, derechos de ciudadanía, memoria. Lo hacemos y lo reivindicamos donde habitamos. A veces hemos relacionado el microrrelato con la aparente pequeñez del mundo de donde surge el premio del Colectivo, un mundo rural a menudo tan maltratado e ignorado como el género narrativo de lo minúsculo y sin embargo, al igual que él, vivo y diverso. Por ello nuestro premio de microrrelatos es también un homenaje a nuestros pueblos desde nuestros pueblos, rotundos y cálidos como son los microrrelatos.

Porque la grandiosidad del Premio «Manuel J. Peláez» no estriba en el tamaño, ni de las obras que se presentan a concurso ni del entorno y el escenario en los que estas se reciben, se leen y se dan a conocer. La grandeza del premio, contraria a la grandilocuencia, es lo que venimos en llamar *calidez literaria*. Calidez literaria es reiterar el agradecimiento a quienes hacen posible el premio. Calidez literaria es concebir la cultura no como mera evasión, sino como instrumento esencial para convivir en democracia. Calidez literaria es haber recibido más de veinte mil textos desde 2013, publicar más de medio centenar de ellos, premiar doce microrrelatos, encontrarnos con sus autoras y autores: Isabel (q.e.p.d.), Ángel, Diego, Eva, Germán, Alberto, Pilar, Margarita en dos ocasiones, Ana Cristina, Jesús, desde este año Rosa.

Para ganar en independencia, el Colectivo funciona exclusivamente con personas voluntarias, genera sus propios recursos y sólo de manera excepcional y con carácter finalista tramita ayudas económicas de entidades privadas o públicas. Así ha sido, a lo largo de los años, con una empresa local como la desaparecida Solventia y con una institución pública como es la Diputación de Badajoz. La dotación económica del premio son 1.200 euros para la autora o autor del microrrelato ganador.

Entre las personas del Colectivo que practican el voluntariado cultural se encuentran los miembros del jurado, integrado enteramente por socias y socios. Presidido desde la primera edición por María del Carmen Rodríguez del Río, catedrática de Lengua y Literatura, en 2024 han sido vocales las lectoras Eva Arenales de la Cruz y Carmen Canseco Lavado (ambas directivas de la asociación); las profesoras Maribel Santana Herrera y Ángela Maestre Naranjo; la correctora de textos Teresa Peláez Santos y Jesús Navarro Lahera, ganador de la edición anterior, que se incorporó al jurado en la última fase de las deliberaciones. Mercedes Santos Unamuno ha ejercido como secretaria, con voz, pero sin voto. Francisco José Najarro Lanchazo, José María Lama Hernández, José F. Gras Muñoz y Mercedes Santos Unamuno han colaborado en la revisión de este libro para su publicación.

La editorial chilena RIL, dirigida en España por Paco Najarro, y el Colectivo «Manuel J. Peláez» establecen este año una grata colaboración que hace posible una renovación del diseño, la imagen y la proyección de la edición del libro que tienes en tus manos, con una apariencia diferente a la de ediciones anteriores, las mismas ganas y espíritu reforzado.

Son numerosos los microrrelatos que concurren al premio: 1.408 en 2024, tras la limitación a un solo texto de la aportación de cada persona que se presenta. Sometidos a un concienzudo proceso de lectura y selección, los textos presentados deben tener entre 9 y 186 palabras, como homenaje a dos de los microrrelatos más famosos de la historia de la literatura en castellano: las nueve palabras de «El Dinosaurio» de Augusto Monterroso y las 186 del capítulo 68 de *Rayuela* de Julio Cortázar.

En la duodécima edición han sido primeros finalistas los microrrelatos: «Bailando con la niña de la bañera» de Leticia Díez de la Lastra, «Hombre o faraguya» de Carlos Fueyo Tirado, «Chimeneas» de Manuel García Sierra, «Sueño olímpico» de Pedro Peinado Galisteo, «Nieve artificial» de Pedro Porres Oliva y el que resultó ganador, «Métodica», presentado por Rosa Galisteo Luque.

Este librito, queridas lectoras y lectores, incluye los treinta y ocho finalistas de la presente edición, entre ellos el ganador y los restantes primeros finalistas. Se da a conocer y comienza a difundirse en el acto de entrega del premio, un acto público abierto a la ciudadanía que contribuye a la calidez que ya caracteriza el premio, en el domingo más próximo al 16 de junio, fecha del aniversario del fallecimiento de Manuel J. Peláez.

Calidez literaria es, en fin, dar valor a las palabras que nos nombran. Las palabras de los buenos microrrelatos suenan precisas y envolventes. Somos en ellas lo que nos contamos que somos. Y después el silencio.

PREMIOS DE MICRORRELATOS "MANUEL J. PELÁEZ"

Edición	Título	Autora o autor	Nº textos	Ganadores	Finalistas	Total publicados	Copatrocinadores
I (2013)	"Última duda"	Isabel Utrera Cuadrado	1.832	1	6	55	-
II (2014)	"Reconocimiento"	Ángel Patones Moreno	1.565	1	4	50	SOLVENTIA
III (2015)	"El himo"	Diego Rinoski	1.752	1	4	50	SOLVENTIA
IV (2016)	"Indigestión"	Eva Limendoux Torres	1.765	1	9	56	SOLVENTIA
V (2017)	"Rugido"	Francisco Germán Vayón	1.881	1	9	46	SOLVENTIA
VI (2018)	"Agujeros negros"	Alberto Rodríguez Guerrero	2.050	1	7	52	SOLVENTIA Y DIPUTACIÓN DE BADAJOZ
VII (2019)	"Vencido"	Pilar Alejos Martínez	1.565	1	8	41	DIPUTACIÓN DE BADAJOZ
VIII (2020)	"Sin palabras"	Margarita del Brezo	2.256	1	8	43	-
IX (2021)	"Memoricidio"	Ana Cristina Lluch Romero	2.726	1	7	41	DIPUTACIÓN DE BADAJOZ
X (2022)*	"Juego de niños"	Margarita del Brezo	1.263	1	8	32	DIPUTACIÓN DE BADAJOZ
XI (2023)*	"Crónica de un derrumbe"	Jesús Navarro Lahera	1.207	1	9	29	DIPUTACIÓN DE BADAJOZ
XII (2024)*	"Metódica"	Rosa Galisteo Luque	1.408	1	5	38	DIPUTACIÓN DE BADAJOZ
			21.270	**12**	**84**	**533**	

* A partir de 2022 solo se admite un texto por persona, mientras que en los anteriores se permitían dos.

MICRORRELATO GANADOR
DE LA XII EDICIÓN (2024)

Rosa Galisteo Luque (Córdoba)

Nací en Baena en 1958. Mi infancia y mi juventud pertenecen por completo a mi pueblo. Allí tuve mi primer contacto con la literatura, aunque siempre de manera intermitente. Apenas pude ir al colegio siendo niña y no fue hasta mi traslado a Córdoba, a mediados de los 80, cuando tuve la oportunidad de estudiar en un centro de educación de adultos. Eso fue determinante para mí, porque desde entonces no he dejado de formarme y de asistir a cualquier actividad que me complete como persona. En 1993 comencé mi vinculación con los talleres de creación literaria. En la actualidad, coordino uno dedicado al microrrelato que pertenece a una de las dos asociaciones culturales que presido: Plaza de la Juventud. La otra es Mucho Cuento, creada en 2006 para fomentar y difundir el género breve entre personas que quieren abrirse paso en la escritura y que cuenta con varias colaboraciones de autores consagrados. En esta asociación estoy al frente de su club de lectura, dedicado exclusivamente a los libros de relatos y microrrelatos. En ambas, el contacto con personas que comparten interés y pasión por este género literario es lo que más me satisface, y fruto de ello han sido las numerosas antologías en las que he tenido la oportunidad de aparecer como autora. Por eso, mi relación con el microrrelato es prácticamente diaria. Como lectora y como escritora. Es un género que, después de tantos años, me sigue sorprendiendo desde ambos frentes. Sus posibilidades son infinitas, y sacar punta a textos propios y ajenos es un auténtico placer que me hace seguir creciendo. Ahora, cuando vuelvo a Baena, tengo libros en la casa de mi infancia y un sitio donde escribir.

METÓDICA

Mi madre decidió que quería quitarse la vida muy joven. Comenzó de inmediato con los preparativos de su muerte. En las rebajas, compró lutos para toda la familia. Eligió su lápida y planificó su funeral. Después, prefirió esperar a que mi hermana y yo termináramos la carrera, y a que nos saliera un buen trabajo. Tampoco se quiso ir sin conocer el placer de ser abuela, y le dio tiempo de jugar con sus nietos y de verlos crecer. Cuando por fin lo intentó, era ya muy mayor y no tuvo fuerzas para hacer el nudo corredizo. Y ahí sigue, desayunando cada mañana con la soga encima de la mesa.

FINALISTAS
(POR ORDEN ALFABÉTICO DE APELLIDOS)

Leticia Díez de la Lastra (Madrid)

Nací en una tierra de vinos y luz: Jerez de la Frontera (1966). Mi infancia transcurrió en el campo, escuchando romances, cuentos viejos y cotilleos de bocas sencillas como la de Manolo el de las vacas, Ana la peluquera o las tías abuelas, libres, sabias e independientes. Después, los vientos me sacaron de mi pueblo, pero ya era adicta a los libros y a robarle historias a la realidad, y ese vicio, me lo llevé en la mochila. Me licencié en Derecho y Asesoría de Empresas por la Universidad Pontificia de Comillas-ICADE (1990). Trabajé en el departamento de fusiones y adquisiciones como abogada mercantil de un despacho internacional en Londres y posteriormente en Madrid. Pero las semillas inoculadas con los relatos de la niñez germinaban y pujaban por emerger. Fue el impulso que me llevó a cursar dos años de Escritura Creativa y Lectura Crítica en la Escuela de Letras de Madrid (2012) y a graduarme con honores, 14 Matrículas de Honor, en Filología Española: Lengua y Literatura, por la Universidad Complutense de Madrid (2019). Tras superar una grave enfermedad oncológica en 2021, me arremangué, cogí la vida por los cuernos y, por fin, me zambullí en la escritura de relatos cortos. Fue como romper un cántaro y liberar el agua acumulada a lo largo de los años. He obtenido algunos premios y quedado finalista en varios certámenes.

Los microrrelatos me imponen. Esas pequeñas joyas literarias. Perfume condensado del pensamiento. Pero tras amanecer un día con las habituales noticias de guerras, enfrenta-

mientos y crispación, quise pintar un canto luminoso y rebelde. Bajo las líneas inocentes que pueblan la página blanca, bucea el viejo mito de Ícaro: la curiosidad de la niñez, la insurrección de los jóvenes, el interés por aprender y, pese a las advertencias y el riesgo, el impulso a volar a lo más alto.

BAILANDO CON LA NIÑA DE LA BAÑERA

La pompa de jabón sintió curiosidad y se elevó de entre la espuma. Desde allí contempló a una niña pequeña que, al divisarla, estalló en carcajadas produciendo una cascada de cascabeles. La pompa entonces se hinchó, revoloteó y bailó en círculos concéntricos, fascinando a las infantiles pupilas en las que se vio reflejada.

«Vuelve ya», le advirtió la espuma. Pero antes de regresar a la uniforme blancura de ahí abajo, la pompa quiso escuchar por última vez aquel sonido extraordinario. Se expandió un poco más, consiguiendo que un rayo del sol la invadiera por completo y la colmara de extraordinarios colores. La niña sumergió la cabeza en el agua un instante para volver a sacarla y mostrarle la más inocente de las sonrisas. «¡Cuidado!», gritó la espuma. Pero la pompa no pudo evitarlo y se posó sobre la punta de la nariz pecosa.

Estalló.

El rostro de la niña se perló de gotitas brillantes y lo abrazaron infinitas partículas de luz.

Carlos Fueyo Tirado (Gijón, Asturias)

Carlos Fueyo Tirado (Avilés, 1969) es filólogo, profesor y escritor. Licenciado en Filología Hispánica por la Universidad de Oviedo (promoción 1987-1992), realizó en esta misma Universidad los cursos de Doctorado en la especialidad de Lengua Española (bienio 1992-1994), obtuvo el Certificado de Aptitud Pedagógica (1992-1993) y el título de Especialista en Lengua y Literatura Asturianas (1995-1996). Como profesor, lleva más de treinta años dando clases de Lengua y Literatura Españolas, Latín y Griego a estudiantes de ESO, Bachiller y Universidad. En su faceta de escritor, ha ganado una veintena de premios literarios y, aparte de su participación en diversos volúmenes colectivos de poesía, ha publicado el poemario Vivir de cine, *el relato autobiográfico real* Diario de un insumiso preso, *y tres novelas breves,* Meta, Una flor en la avalancha *(novela ganadora del XVII Certamen de Narrativa Femenina «Princesa Galiana») y* Terminal.

HOMBRE O FARAGUYA

Siendo muchachos, cuando la aventura de turno requería cierta dosis de arrojo, el líder de la panda, a modo de estrategia incitante, solía preguntar al receloso, que casi siempre era yo: «Pero ¿qué eres un hombre o una faraguya?». Y a mí, la verdad, me apetecía contestar que una faraguya. Sin embargo, ante la mirada expectante de mis compañeros, enseguida afrontaba el reto dictado.

Pasó el tiempo, a veces los juegos eran otros, pero yo seguía oyendo aquello de que «una cosa es un paisano y otra, una faraguya». Y aunque cada vez ansiaba más reivindicarme como faraguya, de nuevo acababa bebiendo de un solo trago la botella de vino o pidiendo favores a la chica considerada más guapa del barrio.

Por fin, un día tuve valor. Esta vez se trataba de lapidar a unos gatos recién nacidos que casualmente habíamos encontrado entre unos matorrales. Me planté con solemnidad, esbocé una sonrisa orgullosa y grité con todas mis fuerzas: «¡Soy una faraguya!».

Aquel, por supuesto, fue el día en que me convertí en un hombre.

Manuel García Sierra (Sevilla)

Me nacieron en Pontevedra en 1972, aunque resido en Sevilla desde finales de siglo. Cursé estudios de Geografía e Historia a orillas del río Lérez, sin llegar a graduarme. Luego emigré al Támesis, donde viví un tiempo a finales de siglo, hasta que los meandros del amor me hicieron desembocar en el Guadalquivir. Aquí he desempeñado diversos puestos administrativos, aunque mi labor más destacada transcurrió en la defensa de los derechos de los trabajadores. Comencé a escribir novelas en 2017, un ansia tantos años postergada y solamente mantenida con pequeños relatos de juventud y un sinfín de tímidas incursiones en otros géneros, como el discurso social, los escritos jurídicos, el guion documental para productoras audiovisuales... Mi primera novela, aún inédita, se titula Piedra Sobre Piedra. *A esta le siguió* Actitud Norte, *una historia a modo de secuela de la anterior, que fue publicada por la editorial Bunker Books. La tercera,* Corruptio Optimi *obtuvo el XXIII Premio Francisco García Pavón en 2021 y fue publicada por Ediciones Versátil. En 2023 terminé* Ruega Por Vosotros, *mi última novela hasta la fecha, e intenté probar con las narraciones cortas. En esta nueva etapa he tenido la fortuna de que mis textos obtuvieran diversos premios de relato y microrrelato. Me siento profundamente agradecido a quienes promocionan y fomentan este tipo de certámenes literarios, aunque les hago responsables de una adicción que, mucho me temo, se me ha instalado para siempre.*

CHIMENEAS

Cuando el pequeño Jacob se despertó, el tren cruzaba inmensos campos preñados de grano. En su imaginación, el oleaje amarillo de espigas mecidas por el viento se transformó en sabrosos *beigels* recién horneados. Le emergió un rumor de las tripas y, aunque no conservaba el reloj que le había regalado el abuelo Haim, supuso que debía de ser la hora del desayuno.

Era la primera vez que viajaba sin sus padres, pero no se podía decir que fuese solo. El vagón iba repleto de gente callada, atestado de miedos, cargado de tristezas.

El tren había partido en mitad de la noche y, si era cierto lo que susurraban los ancianos, se dirigían rumbo al sur, hacia un lugar cerca de Katowice del que nunca había oído hablar.

Al sentir que se ralentizaba la marcha, volvió a mirar a través de la rendija entre los tablones y divisó un cartel escrito en alemán que decía «Arbeit Macht Frei».

Sonrió. Tal vez allí les diesen algo para desayunar.

Pedro Peinado Galisteo (Madrid)

Nací en Madrid en 1974. Estudié Psicología y trabajo en una biblioteca. Hace más de veinte años, por probar, me presenté a un concurso de microrrelatos y para mi sorpresa —que aún persiste— me dieron el premio. A partir de entonces busqué los pocos libros que en aquella época se publicaban sobre el género y quedé hechizado definitivamente. Desde entonces disfruto de estas brevedades tanto en la práctica como en el hallazgo de nuevas voces. Mis textos han recibido premios como el Primer Certamen de Microrrelato Ciutat d'Elx (2004), el XVII Premio Internacional de Relato Hiperbreve Círculo Cultural Faroni (2009) o el XVI Certamen de microrrelatos Getafe Negro (2023); han sido publicados en revistas, como Narrativas *(2011),* Quimera *(2023) o* Plesiosaurio *(2023); en antologías y en el podcast Gente de pocas palabras (2018).*

SUEÑO OLÍMPICO

Aguarda a la salida de atletas y público hasta quedarse a solas en el pabellón y hace sonar de nuevo la música al máximo volumen, vuelve al tapiz y repite la rutina de suelo. Esta vez evita el tropiezo y la caída, corrige la postura de los hombros, completa la zancada en *espagat* e incluso clava el doble salto mortal con triple giro. Orgullosa, accede a la sala del jurado y saca la tablilla del diez, rauda aplaude desde la grada y sin desafinar, se sube al podio y canta con fervor el himno nacional. Hace fotos para las portadas, dirige la ceremonia de clausura, suelta una lágrima al apagar la llama del pebetero y desde la federación de su país se envía un wasap de enhorabuena y un ruego para que vuelva a lograr el oro dentro de cuatro años. Agradece la confianza, pero lamenta declinar la oferta, convencida de retirarse ahora que ha llegado a lo más alto.

Pedro Porres Oliva (Córdoba)

Nacido en Córdoba en 1972, escribe relato corto y poesía. Autor del libro de relatos históricos Córdoba, las historias perdidas *(El Almendro, Córdoba, 2013). En el año 2011 ganó el VIII Concurso de Relato Breve del Museo Arqueológico de Córdoba. En el 2012 participó en Cosmoanónimos dentro de Cosmopoética. En 2016 Ediciones Evohé publicó su relato* El Collar de semillas, *finalista del concurso de relato histórico Hislibris. En 2017 ganó el concurso El Disparador de aforismos, organizado por Signo Editores. En 2022 resultó finalista del concurso Poemas de amor de la revista de internet* Zenda *con el poema* Monte del Cobre. *Varios de sus microrrelatos se han incluido en revistas y páginas web, también en antologías que periódicamente publica la asociación Mucho Cuento de Córdoba.*

NIEVE ARTIFICIAL

Mary patina en el lago. Clara juega con Rufo alrededor del abeto. Yo acarreo leña para encender fuego en la chimenea de nuestra casita. Somos una pareja feliz con su hija en el bosque. No esperamos nada, no deseamos hacer otra cosa. Habitamos un tiempo líquido. Cada vez que ocurre un terremoto, el agua se agita con ruido y nieva copiosamente, pero estamos acostumbrados, ni Rufo ladra, ni Mary se tambalea, ni yo pierdo el haz de leña. Pertenecemos a diciembre como la escarcha del amanecer o como una corona de acebo. Nos habéis convocado para vuestra reunión. Cenáis con velas encendidas y música de fondo. Os veo flotar en conversaciones alrededor de la mesa. Discutís sobre la necesidad de ingresar a la abuela en una residencia, sobre la conveniencia de cambiar a los niños de colegio, sobre el precio de un coche nuevo. Cada vez los terremotos suceden con más frecuencia. Temblores y nieve. Los niños intuyen que la ilusión de la Navidad se guarda aquí, tras la cúpula transparente, dentro de la bola de nieve, y la agitan con fuerza para arrebatárnosla.

Resto de autores seleccionados
(por orden alfabético de apellidos)

LA CAJERA

Andrés Ardila Uribe (Alicante)

Cecilia pasaba productos como una autómata. Tenía su mirada perdida en las líneas rojas que se formaban dentro del lector del código de barras. Lo hizo con el kilo de frijol, la lejía de flores o la leche entera. Pero cuando cogió los condones Durex Placer Prolongado se detuvo, sintió un corrientazo. Observó al que iba a ser el dueño de aquella caja y lo que se encontró fue a un hombre calvo que la examinaba con descaro. Le dieron ganas de escupirle. Él preguntó:

—¿Realmente el placer es prolongado o es marketing?

Lo miró con asco. Cogió el telefonillo, oprimió el altavoz, respiró profundo y dijo:

—Señor gerente, un cliente pregunta una especificación técnica de los condones, de esos que utiliza conmigo cada noche en la bodega, los del placer prolongado. Caja dos. Gracias.

Cecilia colgó. El supermercado quedó tan mudo que los gusanos del queso Casu Marzu se podían escuchar haciendo de las suyas. Cecilia volvió al código de barras y siguió pasando productos como la autómata que era después de que en aquel lugar le aplastaran sus entrañas.

MOMENTOS

Lourdes Aso Torralba (Jaca, Huesca)

Me gustaba coleccionar momentos. Algunos eran tan grandes que no cabían en casa, pero con los demás fui haciendo un álbum. A mi madre le hacía gracia lo que parecía una tontería de niño. En la adolescencia ya no pensaba en el Guinness. Había más momentos decepcionantes que felices. En dos minutos me dejó mi chica. Un domingo se marchó mi padre de casa. Hubo un mes que no había dinero para comer. Cuando arreció el hambre llevé el álbum a la tienda de empeños. Cuando el dependiente abrió la tapa, se escapó un abrazo de mi madre y mientras lo perseguía, entendí que había situaciones que no se podían vender al peso en una balanza romana. Desde entonces compro instantes ajenos y recojo los que a otros se les caen. Ni me molesto en llevarlos a Objetos Perdidos. Me gano la vida bien. Cuando mis clientes hablan de tristeza, les vendo un puñado de bienestar a unos veinte euros el kilo. Debe funcionarles porque regresan al diván una vez por semana para reponer existencias. Espero retirarme antes de que se me agote el género.

INSOMNE ADAGIO

José Manuel Ávila Muñoz (Málaga)

El amanecer ha vuelto a sorprenderme recostado en el sillón anatómico que me regalaron mis hijos en el último cumpleaños. Maldito insomnio que agranda mi soledad y tu ausencia. Tras la ventana, que parece llorar cuando las gotas de lluvia resbalan formando húmedos y largos surcos, observo el jardín que tanto amaba ella y al cual dedico ahora toda mi atención.

Las hojas ingrávidas caen meciéndose desde las copas de los árboles como notas musicales que se van depositando sobre el pentagrama que ha dibujado en la tierra el rastrillo que acabo de pasar. Notas pintadas de ocres, amarillos, verdes y rojos que forman una cromática alfombra de recuerdos y sentimientos. Un bello adagio, memoria de nuestro amor.

Al caer la tarde el viento ha esparcido las hojas que yacían dormidas y nuestra melodía se ha desvanecido. Sus acordes han viajado a otras partituras, a otro tiempo.

Como cada anochecer, la lechuza se ha posado sobre el almendro. Sus ojos penetrantes me escudriñan, nos miramos cómplices. Ella ulula y yo asiento.

Nuestra es la insomne noche. Tuya para cazar, mía para soñar despierto.

LA UNIVERSIDAD DE LA VIDA

ANDER BALZÁTEGUI JULDAIN (ARRASATE, GUIPÚZCOA)

Física, los 100 caballos de mi burra, eso es física, me dijiste, y hui contigo y con tu melena negra. Idiomas, el cervantino y a mucha honra, que para qué nos hacía falta cruzar fronteras. Literatura sí, aseveraste en aquel tugurio de mala muerte, para describir a esos pusilánimes que siguen como corderos todas las normas. Y el dibujo, añadiste, también, para pintar en las paredes su hipocresía. Más tarde me descubriste la química, esa que más que entender hay que sentirla en las venas. La biología no tardó en mostrarnos su poderío y engendró dos vidas en mi vientre. Y fue en aquel horrible piso que alquilamos donde las matemáticas nos desvelaron que no íbamos a llegar a fin de mes. Lo soporté todo, hasta el día que con una mueca en tus labios anunciaste que la vida había que tomársela con filosofía.

MALDITA PREGUNTA

Luis Bañeres de la Torre (Bilbao)

Mientras le vendaba los ojos, el verdugo andaba inquieto. A falta de dos minutos para la hora fatídica, se había presentado en el patio, donde diez ilustres asistían frente al patíbulo, con cientos de curiosos detrás. Entonces se dirigió a ella y le preguntó si quería pronunciar sus últimas palabras. La mujer sonrió siniestramente bajo la venda y contestó que sí, que quería confesar el nombre de su amante. Y el verdugo hizo un poco más grande el nudo, pasando su cabeza también. Tuvo el tiempo justo para accionar la palanca y dejar tan sólo una incógnita en el aire.

BENDITAS ÁNIMAS

Antonio Burgos Peñasco (Madrid)

La de Onï, el bebé malinés que murió de frío en la patera,
fue la última en llegar al onírico vacío. Permaneció muy
poquito en aquella virtual felicidad; el lugar fue clausura-
do instantes después por un consejo de ancianos vestidos
de púrpura, presidido por otro de túnica blanca. Lo que
se había atado en la Tierra durante siglos quedó desatado
en el Cielo tras la reunión de sabios teólogos. Así pues,
las almitas de los sin bautismo fueron relegadas al desván
celestial junto a las puras almas de los animales. El Limbo
dejaba de existir por razones económicas.

MALDITO CUPIDO

Cristóbal Cabrera Alarcón (Málaga)

Tranquilo, no temas. Confía en mí. No volveré a hacerte daño.

Mírala una vez más, fíjate en sus ojos. ¿Alguna vez habías visto un azul tan puro? Ni en los rayos de Zeus existe color más hermoso. Si quieres, puedo atraer una brizna de viento hasta su pelo para que lo agite y lo aprecies mejor. Los reflejos del sol ayudan, ¿verdad? Sí, tu corazón no necesita ni de labios ni de lengua para abrirse a mí.

Baja un poco la vista, su cuerpo también es digno de admirar. Sus pechos te atraen como los cantos de sirena a los barcos incautos que, al igual que tú, se atreven a imaginar qué habrá más allá. Sientes la calidez que desprenden sin siquiera tocarlos. Te imaginas bajando por ellos, por su vientre, dejando atrás su ombligo y perdiéndote en su piel.

Ve a por ella, sigue tu instinto, aprovecha ese fuego interno que te corroe para alcanzarla. Háblale, sedúcela, enamórala…

—Está casada.

Bueno, ese no es mi trabajo. Búscale un buen abogado.

PRINCESAS

Carmen del Río Ruipérez (Cuenca)

Sensaciones vagas. Unas manos hábiles buceando en las cavidades de su vulva púber. El recuerdo de haber sido princesa, la elegida. Un juego excitante que le hizo despreciar otros conocidos de la infancia que ahora se le antojaban pueriles, hasta que el espejo se rompió y sus pedazos quedaron ocultos entre el asco y la vergüenza. Con los hilos de voces antiguas se tejió una mordaza para no decir basta, para no decir asco, a su héroe, a su mago, a su profesor. Y un vacío muy oscuro, como un bicho viscoso, le creció en la barriga. Cuando la noche se impuso, regresó a su casa. El primer rímel corrido de su historia, todavía en los labios la sonrisa forzada de una buena chica. La luna fue sudario de sus sueños, mientras ella se obcecaba en ocultar el sabor acre del desencanto con el dulce afrutado de su última piruleta.

LÓGICA APLASTANTE

Irene Díaz Quirós (Madrid)

Los tres esperaban en la marquesina. Lucía se agarraba al dedo índice de su madre.

—No es justo —refunfuñó.

—Te lo mereces, cabezota —apuntó Miguel—. Mamá, se lo merece.

Lucía lanzó una mirada furtiva a su hermano mayor y se hundió en el hueco que encontró entre las piernas de su madre.

—¿Alguno de los dos me va a explicar qué pasa?

—La han sacado de clase por decirle a su profesor que lo que cuenta es mentira y que el libro está mal.

—¡Cuenta mentiras! —se defendió Lucía desde su refugio—. No hay cuatro estaciones. —Salió del hueco y añadió—: Miguel, el viernes pasado llevabas abrigo y el gorro azul y hoy ya vamos en manga corta. Además, dice que los almendros florecen en febrero o marzo y el de casa de los abuelitos ya tiene flores, listillo. ¿Me puedes decir que día es hoy?

—23 de enero —respondió Miguel mirando al suelo.

—¿Lo ves? Creo que no nos toma en serio porque somos niños, pero el mundo no es como él dice.

—Lo era —dijo su madre.

LA DIGNIDAD

Emilio Domínguez Pérez (Dos Hermanas, Sevilla)

Me senté al borde de la cama y le apreté su pegajosa y fría mano diestra.

Sin analizar sus últimos días, supe que el final se acercaba o, tal vez, ya había llegado.

Lo sospeché desde el momento en que las secreciones pulmonares como miasmas tenaces se enseñoreaban de su escuálido y desvencijado cuerpo.

El reflejo tusígeno que antes lograba expulsar estas mucosidades había desaparecido y sólo las lágrimas que se deslizaban por los surcos de su rostro me interpelaban. Solté su mano, me incliné y deposité un beso sostenido de dolor y compasión en su sien.

Al incorporarme observé que ya no brotaban lágrimas de sus ojos y que estos, clavados en los míos, sin pestañear, me insinuaban un gracias gélido y digno.

Eran las seis de la mañana; debía continuar la ronda por las habitaciones de la planta COVID-19 del hospital y comenzar las extracciones de sangre antes de la llegada del nuevo turno.

QUE ME LLAMARAS

Julia Fernández Tellechea (Pamplona, Navarra)

En ciento ochenta y seis palabras como electrones colisionando en un acelerador de partículas me dijo que no me volvería a ver más, o eso entendí después de recitarle a Rilke con una sola voz, después de besarle el cuello con una sola boca, después de erizarle la piel solo con el tacto de mis piernas, aturdida por el vacío después de esperar del otro lado de la puerta a que me llamara. La dejé viva con ganas de más vida mientras me volvía a vestir con la ropa que antes pudo ser mía, convencida de mi inútil desgracia yo, y ella puede que aliviada por no haber sido descubierta, ya saciada, pensando en volver a casa, puede que culpable, repasando la lista de la compra, disfrazándose. Así la dejé yo. Así la encontró él: a medio vestir, con dos copas a medio beber, con la cama a medio hacer, con la coartada a medio inventar esta vez. Así la encontró la policía: brutalmente herida de vida y de amor, carne borboteando de miedo, aire balbuciendo mi nombre: «María», antes de morirse arrepentida.

MI LUGAR FAVORITO

Ramón Ferreres Castell (Barcelona)

Fue ponerme mi primer pantalón largo y cogerle el gusto a llevar las manos en los bolsillos. Lo de comenzar a hurgar hasta agujerearlos sucedió en el colegio, para llenar las horas de soledad en el patio. Ya en la adolescencia, pasaba horas fantaseando con la idea de desaparecer a través de ellos, y empecé a intentarlo: pasar los brazos hasta tocarme los pies resultó sencillo, soy bastante flexible; más costoso fue el tronco, y la cabeza, pero también lo conseguí. El problema eran las piernas, hasta que se me ocurrió la forma de retraerlas por completo.

Normalmente tardan bastante en darse cuenta de mi desaparición, hasta que alguien comenta: «¿Dónde está Juan?», una pregunta a la que ni siquiera yo puedo responder. ¿Dónde va a parar alguien que huye por los agujeros en los bolsillos de su pantalón? La verdad es que se está tan tranquilo que me da igual. Lo que me gustaría descubrir realmente es cómo pasar más tiempo allí, porque al rato comienza a dolerme todo el cuerpo y tengo que volver a la realidad.

DESCONEXIÓN

Jesús Francés Dueñas (Madrid)

Habíamos ido a ese campamento para desconectar. Una terapia de choque cara pero efectiva para escapar de nuestra adicción; nomofobia nos habían diagnosticado. Nos vino muy bien el contacto con la naturaleza. Aprendimos a apreciar el silencio sagrado no perturbado por melodías invasivas de móviles ni el *bip bip* de las notificaciones. Las noches cerradas nos contaron historias interestelares. Nos despertábamos temprano con el canto del gallo y todos expectantes con rostros de sonrisa beatífica, casi bobalicona, mirábamos hacia el este para ver amanecer. Al unísono, en un acto instintivo sacamos nuestros móviles, mientras despuntaban entre montañas las primeras rayas de wifi.

INVISIBILIDAD SELECTIVA

Génesis García (Hualpén, Chile)

Naiara es invisible la mayor parte del tiempo. Recorre las calles del pueblo a lomos del viejo burro de la familia, anunciando la leche fresca a voz en grito. Su voz es la de un hombre, sin embargo. Paco cuida de ella y la esconde de las miradas curiosas, camuflándola entre ropa vieja y una gorra calada hasta las orejas. Es Paco el que saluda a los vecinos y trabaja en la granja, sin quejarse, ahorrando centavo a centavo para comprar los trajes que ella desea y que esconde él celosamente en la vieja bodega detrás de la casa. Mientras tanto, Naiara duerme en su interior, esperando su momento. Una mágica noche al mes, Paco viaja a la ciudad y entonces Naiara deja de ser invisible. Bajo las luces viciadas por el humo del cigarro, la muchacha hace su aparición estelar, envuelta en sedas y zapatos de tacón, plumas y pestañas que quieren tocar el cielo. Allí, entre otras como ella, Naiara deja de ser invisible y es Paco el que se refugia en las sombras, deseando que la noche no acabe.

ENTRE DOS SIGLOS, UNA PARED

Evangelina Gutiérrez Fernández
(Castroserracín, Segovia)

Rasparon el cemento para limpiar los rastros de sangre, era lo menos que podía esperarse de lo que fuera un antiguo quirófano clandestino. Justo detrás de la pared que daba al confesionario de la basílica, dos albañiles ecuatorianos recibieron un extra por ser discretos: por raspar y callarse. Lo mismo que hacía sor Inés, cien años atrás, con las hermanas que acudían desesperadas, con el pecado colgándoles del cuerpo: raspárselos con la consabida culpa y callarlo con el oportuno celo.

CUANDO TODO ENCAJA

IGNACIO HORMIGO DE LA PUERTA
(ISLA CRISTINA, HUELVA)

Nunca supimos el porqué de aquel regalo ni quién lo enviaba. El paquete lo encontramos en la puerta y no traía remitente. Llegó en mitad de nuestra peor crisis de pareja, en un momento en el que la palabra divorcio salía a relucir con demasiada facilidad cuando discutíamos. Lo abrimos y nos quedamos atónitos. Era un rompecabezas de cinco mil piezas. La foto de la tapa mostraba el *skyline* de Nueva York. Decenas de rascacielos apiñados, cientos de ventanitas idénticas, un cielo azul inmaculado, sin una sola nube.

Superada la sorpresa inicial, despejamos la mesa de la salita y empezamos a hacerlo. Trabajábamos codo con codo, metódicamente, en silencio. Buscábamos las piezas de los bordes y, a partir de ahí, construíamos hacia dentro. Una semana más tarde, colocamos la última pieza. Nos miramos con esa mezcla de estupor y alegría que experimentan quienes consiguen algo que, *a priori*, parecía imposible.

El siguiente puzle lo envié yo, también sin remitente. Sabía que mientras no dejáramos de armar algo juntos, poco a poco, día a día, íbamos a estar bien.

LA FUGA

Manuel Izquierdo Ruiz (Cúllar Vega, Granada)

Desapareció sin más.

Me lo había advertido antes, pero nunca creí que se atrevería a hacerlo. Siempre se quejaba de nuestra vida miserable, de nuestro trabajo rastrero, donde se sentía preso, oprimido.

Todos en nuestro pueblo conocemos las historias de compañeros que habían escapado antes que él de nuestra esclavitud, que habían huido hacia un lugar mejor. Un paraíso donde no existe el miedo a ser pisoteado, un lugar donde poder respirar libres del peso agotador de nuestro tirano.

Él soñaba con el momento oportuno en que poder escapar hacia ese sitio de liberación y al final lo hizo. Cuando llegó el momento del recuento ya no estaba, se esfumó sin previo aviso. Aunque mi destino en solitario es incierto, no le guardo rencor. Espero de todo corazón que haya encontrado su Edén particular, ese lugar secreto donde moran felices para siempre los calcetines que desaparecen sin dejar rastro.

NÓICARALCED

Domingo Jiménez Lacaci (Madrid)

Se santiguó tres veces comenzando en los labios y acabando en la frente. Maniático extremo de hacer todo al revés porque convocaba la buena suerte, rezó un padrenuestro inverso que arrancaba en el «Amén». Entró marcha atrás en la joyería donde pagó primero con los céntimos, luego los euros y al final los billetes.

En el restaurante le esperaba la mujer que había conocido un año atrás en las sesiones colectivas de terapia. Enseguida les trajeron el tiramisú, después la lubina y como cierre, un plato de aceitunas. Cuando las acabaron, él se metió la mano en el bolsillo abrió la cajita y lanzó su pregunta.

—¡íS!, respondió ella emocionada.

La boda comenzó en la cama, tras una ducha se unieron al banquete y desde allí se desplazaron todos a la iglesia. Al terminar la misa, la novia se metió en el coche con su padre y se fue a su casa, y él cogió un taxi para irse a la suya. Por la noche se llamaron por teléfono para decirse cuánto se amaban.

DISTANCIAS

Gala Martina Jiménez (Buenos Aires, Argentina)

¿Será que tengo pánico, como él dice?, se preguntó mientras miraba a todos desde el trampolín. Desde arriba las cosas parecían más difusas, borrosas. Hizo un esfuerzo visual para encontrarlos y ahí estaban: la cabeza de mamá era un punto claro, la de papá más oscura. Lo que no se puede perdonar es no intentarlo, había dicho mamá. Después le puso la gorra y lo miró a los ojos. Papá, en cambio, siempre enojado, se había quedado un poco más atrás mientras ellos corrían hacia el punto de partida donde estaban los otros nadadores de siete años. No saltes, había dicho papá y después agregó: tenés pánico.

El trampolín era altísimo. Miró para abajo, trató de ubicarlos, pero los puntos de las cabezas se movían. El profesor hizo sonar el silbato. Él cerró los ojos e imaginó que abajo no había una pileta helada sino dos brazos tibios. Sacó un pie del trampolín y después el otro. Se sacudió en el aire. El contacto con el agua le dolió bastante. No tanto como las palabras de su padre.

UNIVERSO

Alejandro José Kapeniak (Buenos Aires, Argentina)

La avenida resigna sus brillos. Anoche se creía inmortal y hechicera, pero la madrugada fue incierta y el sol, una sentencia. Peatones diligentes cumplen su rutina de panal. Puntuales y apurados, ahorcados en bufandas. Horarios estrictos, colas de una cuadra, saldos... El mito del eterno retorno en versión porteña.

El ventanal empañado me protege del frío. Mi mesa habitual, un cortado y amarettis. Suficiente mundo, cancelen el resto. Saco mi tablet y a tipear engendros.

Tres cuartos de hora discutiendo libertades. Mis personajes son tercos, no entienden de autorías. Que otro adjetivo, que menos rebuscado. Que sexo en serio y no eufemismos.

Les explico sobre el pudor y las metáforas. Ellos se matan de risa y me aplauden, en eso están de acuerdo, burlarse de mí es su hobby.

Tregua de felicidad, minutos de sentido. Todo es posible cuando escribo, hasta la muerte recula. Pero al fin hay empate, la vida menos vida nos reclama. Mañana seguiremos en el próximo capítulo, igual horario, igual templo.

Pobre mozo, nunca descubre la estafa. Por el precio de un café, me llevo un universo.

RECLUTADA

Oswaldo López Álvarez (Avilés, Asturias)

«Malditas sean las guerras», oía decir siempre a su abuela.

Cuando en su aula cogía la tiza tenía la sensación de que acababa de empuñar su fusil. En la pizarra disparaba sus balas: ahora unas palabras, después algunas cifras, entre medias un esquema o un dibujo aclarador. Luego recordaban que toda la vida es sueño pero que hay franjas olvidadas donde más bien es pesadilla. Y que una de las dos Españas no tiene por qué helarte el corazón, aunque lo hará. Porque se equivocó la paloma, se equivocaba, si no cierra bien el pico se cae la ramita de olivo. Y el trigo nunca será agua.

Treinta y ocho años después, la corneta tocó retirada. Ahora que está en la reserva continúa sus batallas. La guerra contra la guerra no tiene tregua posible, nunca hay bandera blanca. Ya sin tiza y sin pizarra, el fusil ahora es su pluma. Por eso escribe relatos. Para combatir a la bestia, y sentirse reclutada. Alistamiento infinito.

«Malditas sean las guerras», le dice ahora a su nieta.

EL ENCIERRO

Domingo Alberto Martínez Martín
(Tudela, Navarra)

La carrera fue rápida y limpia, sin heridos de consideración. Apenas hubo que lamentar algún incidente aislado en el casco antiguo de Pamplona: una joven de 27 años, de nacionalidad estadounidense, resbaló en la curva al encarar el último tramo y sufrió un esguince de grado 1 (leve), que no requirió asistencia de la Cruz Roja, mientras que un vecino de Erripagaña, de 41 años, tenía que ser atendido por una crisis nerviosa. Entre quiebros y recortes de una gran belleza plástica, el comportamiento de los corredores resultó ejemplar en todo momento; se registraron pocos empujones y menos caídas, a pesar del estrépito con el que avanzaba la manada. Varios brutos cabecearon como amagando, resistiéndose a seguir hasta el final, pero sin detenerse ni embestir. Cuando sonó la sirena y el conserje salió a cerrar la verja, se oyó un suspiro de alivio entre el sufrido padrerío, muy baqueteado durante las vacaciones de verano. Todo fueron abrazos y enhorabuenas el primer día de cole.

ENTIERRO

Juan Manuel Morales Bellido
(Puebla de Sancho Pérez, Badajoz)

Cuando el operario acabó de tapar el nicho, el padre Leopoldo lanzó una mirada furtiva a mamá. Ella bajó la cabeza, ignoro si en acto de constricción o avergonzada por el descaro mal disimulado del párroco. El viento frío de noviembre enervó el cabello crispado de este como si de un erizo se tratara. Hacía años que el matrimonio de mis progenitores no era más que una pura pantomima. Mamá, cristiana acérrima y beata de pro, pasaba tardes enteras en la iglesia, siguiendo los consejos de su asesor espiritual.

Una ráfaga de aire encrespó mi cabellera rojiza que, al igual que la de don Leopoldo, se desteñía buscando un amarillo plomizo. Me vinieron a la memoria las largas tardes de la infancia en que mi madre se esforzaba inútilmente en alisarla.

El cura se aproximó con decisión y, tras besarme en ambas mejillas, susurró:

—No puedo decir que lo sienta, hija.

Me estremecí de terror mientras que, a mi lado, a mi madre le flaquearon las piernas de vértigo y placer.

POLÍTICA FAMILIAR

Vicente Ortí Hernández (Inca, Mallorca)

Matías nació con cara de subsecretario. Nuestro hijo mostró en poco tiempo un carácter paralelo a tan peculiar fisonomía. Fuimos súbditos en su infancia. Rebasada la adolescencia nos consideró ciudadanos y contribuyentes. Más tarde, en su madurez, lastres. Ahora, llegada la vejez, residuos. Siempre fue grandilocuente, proclive a las grandes frases de eco vacío. Nos ha dejado a las puertas de la residencia con ojos acuosos. Ha mentido al jurar sacarnos pronto, aunque le cueste sangre, sudor y lágrimas.

EL EVENTO

ÓSCAR PÉREZ PÉREZ (PALENCIA)

Todos estaban allí. Periodistas, científicos y multitud de curiosos.

Él, en el centro del escenario, se erguía con la elegancia de un clásico de antaño. Chaqué, pelo con un brillo impecable peinado hacia atrás y camisa blanca impoluta. Su hijo le acompañaba sentado, con el mismo aire señorial.

Tras un largo aplauso inicial las preguntas se sucedieron. Cientos de móviles y grabadoras registraban cada respuesta; todo era de una trascendencia inusitada y morbosa. Se saltaba de un tema a otro hasta que un conocido periodista le hizo la pregunta que todos teníamos en mente.

—¿Hay realmente vida después de la muerte?

—Evidentemente —respondió molesto—. Lo que habría que preguntarse es si la hay antes.

Contrariado, dio a entender con un gesto que la entrevista había concluido. El vampiro cogió a su hijo de la mano y salieron por la ventana sin despedirse de la audiencia.

MOLARMENTE INCORRECTO

Alfonso José Prado Rey (Cunit, Tarragona)

Enraizado en lo más profundo de una vereda, el otrora robusto espécimen que desafiaba la gravedad con la vigorosidad de su esencia percibía ahora cómo su firmeza y esplendor se veían mermados por el desgaste y la contaminación de los elementos que le rodeaban. Sus movimientos, cada vez más volátiles e incontrolables, afectaban a la estabilidad de sus raíces, presagiando el fin de sus días en aquel bosque de iguales.

Un claro en la oscuridad fue el inicio del final. El sonido de sierras eléctricas precedió a la aparición de la máquina extractora, justo después de que una punzada adormeciera sus fibras constitutivas. Debilitado, sintió cómo lo arrancaban toscamente del lugar donde había crecido.

Hoy, en aquel húmedo paraje todavía se puede ver el vacío de su ausencia. Haciendo leña del árbol caído, los amigos del propietario se burlan de él cada vez que abre la boca. Este, avergonzado, solo espera poder juntar el dinero suficiente para ponerse un nuevo premolar.

LOS ADJETIVOS

Juan Luis Rincón Ares
(Puerto de Santa María, Cádiz)

Algunos adjetivos son como las más preciadas joyas. Se usan generalmente para acompañar al nombre otorgándole cualidades de diversa índole. Cuando un sustantivo se siente solitario o deprimido llama a una agencia de adjetivos y, por un módico precio abonable en vocales preciosas y tildes sonoras, contrata la compañía de un adjetivo durante una frase o para todo un párrafo. Las preposiciones más comunes los acompañan como regalo promocional.

Solo los sustantivos muy, muy ricos pueden adquirir en propiedad algún adjetivo y retirarlo de la circulación. Así «Concepción», un multimillonario sustantivo de origen latino que ya había tomado en renta perpetua un sufijo y un prefijo, tomó en propiedad hace muchos años al adjetivo «Inmaculada» y desde entonces casi no se usó para otra cosa.

Por aquello de los bienes gananciales, el adjetivo «Inmaculada» reclamó al divorciarse ante la RAE. Tras un complejo proceso judicial, «Inmaculada» fue manumitido y consiguió ser recalificado como nombre propio.

ANSIEDAD

José Alberto Ruiz Cembranos (Leganés, Madrid)

Luna observaba fijamente a David. Una sensación de urgencia la embargaba, una necesidad apremiante de expresar lo que llevaba dentro. Sin embargo, los sentimientos parecían estar atrapados en su garganta. Intentó tragar saliva, forzando un camino para que las emociones se liberaran, pero fue inútil. David, ajeno a la tormenta silenciosa que se gestaba en el interior de Luna, la miró con una sonrisa y le habló de lo bonita que era. Sus palabras eran como pequeñas burbujas de luz que flotaban en el aire. Luna intentó responder, pero era incapaz de articular palabra. La frustración se acumulaba en su interior mientras luchaba por encontrar la manera de comunicarse. Cada intento chocaba con una ansiedad que la inmovilizaba. Miró a David buscando desesperadamente la comprensión de sus ojos, pero solo encontró desconcierto.

En un acto de desesperación, Luna recogió la pelota con la boca y se la ofreció a David. Con una sonrisa cómplice, David tomó la esfera de goma en su mano y miró a Luna, cuyos ojos brillaban con anticipación. Con un rápido gesto, volvió a lanzar la pelota.

CONTRACCIÓN

Francisco Javier Ruiz Urraca
(La Carrera, Siero, Asturias)

Hablemos claro: aunque la posibilidad es remotísima, corremos el riesgo de que el ICT (Índice de Contracción Terrestre) se acelere en las próximas décadas. No es fácil predecir las consecuencias de esta curiosa extravagancia geológica, pero hay datos satelitales que confirman una reducción volumétrica del planeta a ritmo creciente. De seguir así, en unos años acusaremos fenómenos como adosamiento de viviendas o pérdida de holgura en las calzadas, lo que dificultará el tránsito y multiplicará las colisiones. Pero la derivada más dramática será una significativa reducción de la superficie habitable, magnificada por la desaparición de los valles, la crecida de las aguas y la ampliación de los terrenos anegados. Proporcionalmente, la densidad de población experimentará un repunte artificial indeseado. El impacto de la contracción se revelará evidente en países pequeños y montañosos como Luxemburgo, San Marino, Andorra o Suiza, lo que nos anticipa un angustioso panorama de millones de emigrados y refugiados contractivos hacia naciones limítrofes, y de estas hacia territorios africanos donde, sin embargo, la previsible acumulación de arena no modificará significativamente las actuales condiciones de subsistencia de sus habitantes.

FUMATA BLANCA

Francisco Sacristán Romero (Madrid)

Quiso abrir una página insólita de la historia; protagonizar un hecho singular, cogiendo el testigo de sumo pontífice y pastor supremo de la Iglesia Católica.

Tras casi dos semanas de cónclave púrpura, de ingratas deslealtades, infidelidades insidiosas, traiciones personales, indignas conspiraciones y debates anodinos, el Colegio Cardenalicio fue incapaz de redimir el nuevo testimonio.

No fue un lance casual. Las condiciones de reclusión y el aislamiento del mundo exterior no impidieron los caprichos de la elección. Quiso desoír la arraigada tradición y desatender los mandamientos del Espíritu Santo. Fue un auténtico cisma pontifical.

El camarlengo lo intuía, pero continuó con las funciones litúrgicas que el preceptivo protocolo exigía. Nunca una evidencia resultó tan indiscreta y los intentos por salvaguardar la independencia de juicio y la libertad de decisión, tan inoperantes.

El escrutinio lo cercioró. La señal que anunciaba la relevante elección no fue un capricho. El color arcoíris de la fumata lo certificó al mundo.

El maestro de la celebración pontificia lo condujo solemnemente a la sacristía de la Capilla Sixtina, donde el elegido lloró, en relativa intimidad por la magnitud de la responsabilidad.

EL VIRUS

José María Solís Carpintero
(Alcalá de Henares, Madrid)

La frecuencia de uso había establecido jerarquías entre ellas. Se consideraban más o menos importantes en función de las ocasiones en que eran pulsadas. Intro era la más popular; Delete, la más temida, y de entre las letras, la Uve doble, que en el procesador de texto pasaba desapercibida, sentía sobre sí las miradas de envidia de sus hermanas en cuanto el puntero del ratón se posaba sobre el icono del navegador. Pero todo cambió. El Dueño comenzó a dejar permanentemente abierta la página del correo electrónico y cada poco tiempo su dedo índice acariciaba a una felizmente sorprendida Efe cinco. «¿Qué le ocurre?», se preguntaban todas. Los cursores echaron la culpa a los correos electrónicos de maruqui_dominguez@sol.es. «¿No veis que lee desesperadamente los antiguos y que ansía la llegada de los nuevos?», susurraban. «Es el amor», dijo el espaciador alzando la voz y como ninguna de sus compañeras parecía entenderle, añadió: «una especie de troyano que ataca a los usuarios y los deja colgados», y todas las teclas, menos la Efe cinco, maldijeron a aquel extraño virus.

FABRICANDO SUEÑOS

Gregorio Vega Cuesta (Valdepeñas, Ciudad Real)

No recuerdan cuántos años llevan viviendo juntas en el interior de aquel libro de relatos. Todos esos años compartiendo historias y aun así, cada vez que el libro descansa en la biblioteca del salón, las palabras se reúnen para discutir entre ellas, agrupadas en lo que parecería un prólogo demasiado extenso: a *sabueso*, por ejemplo, cansada de ser una mascota cariñosa y obediente, le gustaría ser detective privado; *salvaje* se queja de que todas la evitan, hasta que *seda* se ofrece elegantemente a precederla; *piel*, por su parte, intenta convencer a *roja* de unir sus significados y crear juntas un indio apache... y así continúan hasta que todas se ponen al fin de acuerdo, se van ubicando en sus nuevos destinos e intentan dormir, con la inquietud de saber qué pensará el próximo lector de la historia que acaba de nacer.

BASES XII CONCURSO
DE MICRORRELATOS MANUEL J. PELÁEZ

1.- Podrá participar cualquier persona, presentando un único microrrelato, original e inédito.

2.- El texto será de tema libre, escrito en castellano y con una extensión mínima de 9 palabras y una extensión máxima de 186, incluyendo las del título.

3.- Para participar en la XII edición del Premio de Microrrelatos Manuel J. Peláez cada aspirante deberá cumplimentar el formulario https://forms.gle/5f43n7kXEs8mN3iNA (Google Chrome) y seguir las indicaciones que encontrará en él. La recepción de textos comienza el 1 de enero y termina el día 29 de febrero de 2024 a las 23:59 horas (Madrid).

4.- Se abstendrán de participar quienes hayan ganado este premio en alguna de las 5 últimas ediciones (2019-2023)

5.- Habrá un único premio en metálico de 1.200,00 euros (mil doscientos euros), cantidad sobre la que se practicarán las retenciones obligatorias vigentes en el momento de su entrega a la persona ganadora.

Además del premio en metálico, el texto ganador será publicado, junto a los considerados finalistas, en una antología publicada por RIL editores. Las autoras y los autores que van a aparecer en la antología ceden, sin exclusividad, el derecho para la publicación de los textos en cualquier formato.

6.- El jurado estará compuesto por siete miembros. Su presidenta será María del Carmen Rodríguez del Río. El fallo, que se hará público el 2 de mayo de 2024 en la web del CMJP y en sus redes sociales, será inapelable.

7.- El premio será entregado durante el fin de semana del 16 de junio de 2024, en acto público que se celebrará en Zafra (Badajoz). La persona ganadora deberá asistir para hacerse acreedora al premio.

8.- Cualquier incidencia no prevista en las bases será resuelta por el jurado.

9.- La participación supone la aceptación de todas las bases.

Índice

Este libro se terminó de imprimir
en junio de 2023

RIL® editores • España

europa@rileditores.com

Se utilizó tecnología de última generación que reduce
el impacto medioambiental, pues ocupa estrictamente el
papel necesario para su producción, y se aplicaron altos
estándares para la gestión y reciclaje de desechos en
toda la cadena de producción.